# 铲屎官日记 2

[日]片仓真二 著
徐赫 译

北京联合出版公司
Beijing United Publishing Co.,Ltd.

# 铲屎官日记 2

CONTENTS

# 铲屎官日记 2

[日] 片仓真二 著

徐赫 译

# 新的家庭

笨太7岁的时候，
妻子从认识的饲养员那里，
带回来一只小缅因猫。
缅因猫是世界上最大的长毛猫。
大耳朵
粗腿
拖把
是一种非常聪明、喜欢玩耍、气质高贵的猫。
我们家即将迎来一只缅因猫。
又要有新的同伴加入你们了。
大家要友好相处哦。
叮咚
啊，来了！

气质
瑟瑟发抖
口水横流
抖抖
抖抖
这是什么？
这是小缅因猫。
抖抖……
她一直在流口水啊。
这孩子一紧张就会流口水……
抖抖……
抱着她口水会流一身啊？
当成奖励吧。
小猫要安置在——
这孩子和气质这个词相差甚远。

*市原悦子，日本女演员、配音演员。

给这只小猫起了名字。
太朋
太朋
太朋？
朋太
反过来读
嗯，从朋太演变过来的名字。
好吧，到爸爸这儿来。
那个，那个
她叫
什么来着？
大朋
大朋过来。
不是大朋！
拍
拍
哦，是太朋。
我还是会经常叫错名字。
大朋
大朋过来。
哇，大朋真懂事。
蹭
最后，就决定叫她大朋了。

童年大朋

青年大朋

片仓家每天都是猫、猫、猫

# 地位最高的

家里养了很多猫。
不知不觉中，猫咪之间也有了排名。
我家的地位排序大概是这样的。
妻子
金太
朋太
哈姆
大朋
来，吃罐头了。
大家过来。
喵！！
发抖
发抖
大口
大口
拱
拱
拱
金太是猫咪里地位最高的。
大口
大口
哭……
地位比他低的只能忍着。
猫咪的规矩很严格。
大口
大口
哭……
即使在家里，也要遵循弱肉强食的法则。
不过，金太偶尔会被地位最高的人关起来。
喵
喵
哼
挠
挠

# 金太的新人教育

# 惩罚时间

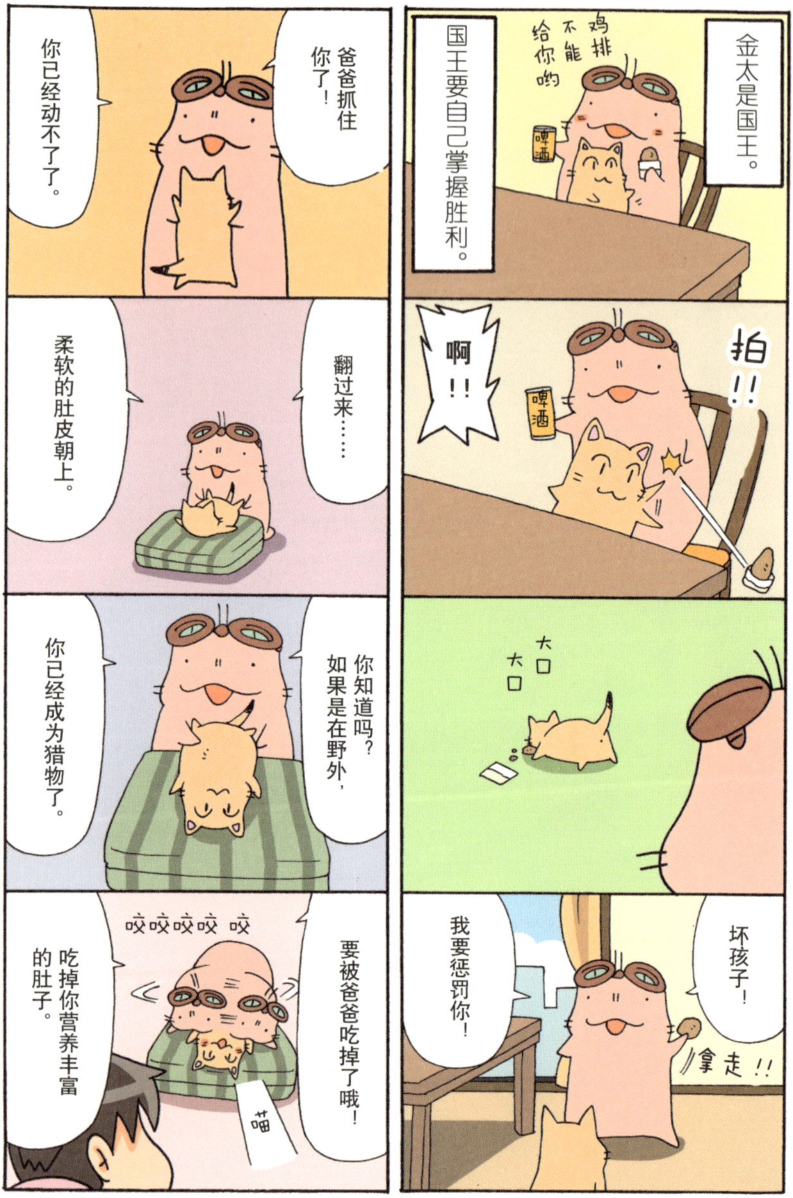

金太是国王。
国王要自己掌握胜利。
鸡排不能给你哟
啤酒
啊！！
拍！！
啤酒
大口
大口
坏孩子！
我要惩罚你！
拿走！！
爸爸抓住你了！
你已经动不了了。
翻过来……
柔软的肚皮朝上。
你知道吗？如果是在野外，
你已经成为猎物了。
要被爸爸吃掉了哦！
吃掉你营养丰富的肚子。
咬咬咬咬 咬
喵

# 打呼噜

朋太打呼噜的声音很大。
笨太打呼噜的声音也很大。
呼 呼
咕 咕
好可爱啊!
嗯。
呼 呼
咕 咕
拍—
咕—
呼噜
呼噜噜噜~
呼噜~
摄像
拍了照片,
还录了音。
居然还说自己像猫咪!
脸皮真厚!
呼噜—
呼噜—
你干吗?
你打呼噜一点也不可爱!
我打呼噜也很可爱啊!

# 芭蕾舞者哈姆

哈姆的前世
多半是个芭蕾舞者。
虽然哈姆是我家最重的猫，
6.2kg
健康结实
笨太
5.5kg
但他的脚，却是最细的。
哈姆
笨太
压
扎
因此，脚踩地面的受力也是最大的。
好疼！
扎
他好像知道人体的弱点在哪里。
扎
好疼！
能够准确地踩到。
芭蕾舞者哈姆
也有优点。
哈姆！
哈姆过来。
对，就是那里。
也给我踩踩
扎
哈姆下辈子应该是个按摩师。

# 什么都很可怕

胆小的大朋
害怕世界上所有的东西。
发抖发抖
悄悄地悄悄地
倒下
餐巾纸
吓一跳!!
吓到你了。
吓到你了吧。
发抖
好了好了
安心……
吓一跳!!
噗
没有一个安全的地方。
爆炸……
抱歉
发抖发抖……

# 收纳所

养猫的幻想，
长毛猫。
蓬松的毛，优雅的尾巴。
拥有能够捕获人心、气质俱佳的存在感。
柔软……
大朋不愧是缅因猫，尾巴毛茸茸的。
拂面
毛茸茸
大朋真漂亮！
掉落
粪便
对养猫的人来说，
都粘在毛上了
那里只是粪便的收纳所。

# 享受的时间

笨太去了天堂之后，
我们家猫咪吃零食的频率上升了。
走来走去
走来走去
走来走去
笨太活着的时候，我们很重视他们的健康。
猫粮是猫咪的综合营养食品
为了爱猫的健康！
尽量不给他们太多含盐较多的零食。
自从发现笨太病了之后，
我们给她买了很多零食，想让她多吃一点。
但她却连吃饭的力气都没有了。
撒上
加了柴鱼片。
哈姆最喜欢柴鱼片了。
小碎步
现在，这些猫咪也都上了年纪。
也给笨太一点
爱猫笨太
我想尽可能让他们开心。

# 思考的朋太

朋太每天
都在努力思考。
啊!!
仙贝
跳到餐桌上会挨骂。
下去!!
仙贝
但是朋太
却很喜欢待在桌子上。
仙贝
哼歌
啊!!
仙贝
唔……
仙贝
待在桌子上的食盒上，不算是在桌子上。
就在那儿待着吧
仙贝
朋太每天都在思考。

# 猫咪的牵挂

爸爸每天
都在努力工作。
嗯
嗯
小步跑来
一定要在我身边为我加油。
悠闲
我上完厕所
轻松
WC
他们会等在
一拧就能出水的有趣的地方。
喵
爸爸准备睡觉前，
他们会把床弄暖和。
悠闲
早上
他们会把早饭
放在爸爸身边。
玩具老鼠

# 像对待公主一样

金太是我们家的国王。
来这边
朋太是公主。
吃罐头的时候，
朋太可以从容地跳到冰箱上去吃。
妻子会把她喜欢的罐头放到冰箱上。
这是鸡脯肉
啊!!
扭头
最近
蘸
舔舔
她都要先尝尝味道，再决定吃不吃。
唔
越来越得意忘形了。
大口大口
你太惯着她了。

# 与动物的接触

嗡
到了苍蝇出没的季节。
笨太和大朋是淑女，
完全不会抓虫。
嗡
小步追赶
只会追着跑
小步追赶
小步追赶
拍落！
踩扁
哈姆是个野性十足的男人。
10分钟后
盯——
盯——
30分钟后
盯——
盯——
淑女们的好奇心不输给男孩。
好执着啊

# 既然被叫了

哈姆
一直渴望得到关注。
死盯着
所以我偶尔会捉弄他。
哈姆——
哈姆在哪儿呢？
哈姆不在啊？
转身
哈姆！
小步快跑
喵喵
爸爸看不见你啊。
转身
哈姆在哪儿呢？
小步快跑
扑
跳
既然叫了他，
哈姆在这儿呀！
无论如何，哈姆都要让我找到他。
接着看书了。
既然叫了，
挡住
就不能看哈姆以外的其他东西。

# 水的美食家

金太绝对不会喝
放了很久的水。
扭头
每次去洗手间，都吵着要喝水龙头里的水。
喵
洗澡的时候，又吵着喝脸盆里的水。
一直喝个不停。
舔舔
会不会是生病的征兆……
是不是肾脏不好
所以想喝新鲜的水……
舔舔
我带他去医院检查。
看了内科
○坂动物医院
这孩子不喝死水。
总想喝水龙头或浴室里的水。
发抖
嗯？
哦哦，是吗？
？
发抖
这样啊……
嗯——
乖乖
只是单纯的任性罢了。
发抖

# 相像的朋友

笨太和大朋
不知为何，关系不好。
喵—
喵—
拍拍
但她们的性格却很相像。
盯—
盯—
洒水
洒水
经常拔图钉。
本以为这个高度没问题……
站在门外要求开门。
非常难缠。
工作中
喵喵
喵喵
笨太和大朋
就像姐妹一样。
真是的—
或许这就是所谓的同性相斥吧。
要打架去外面打!!
喵—
打闹

# 热情的男子汉

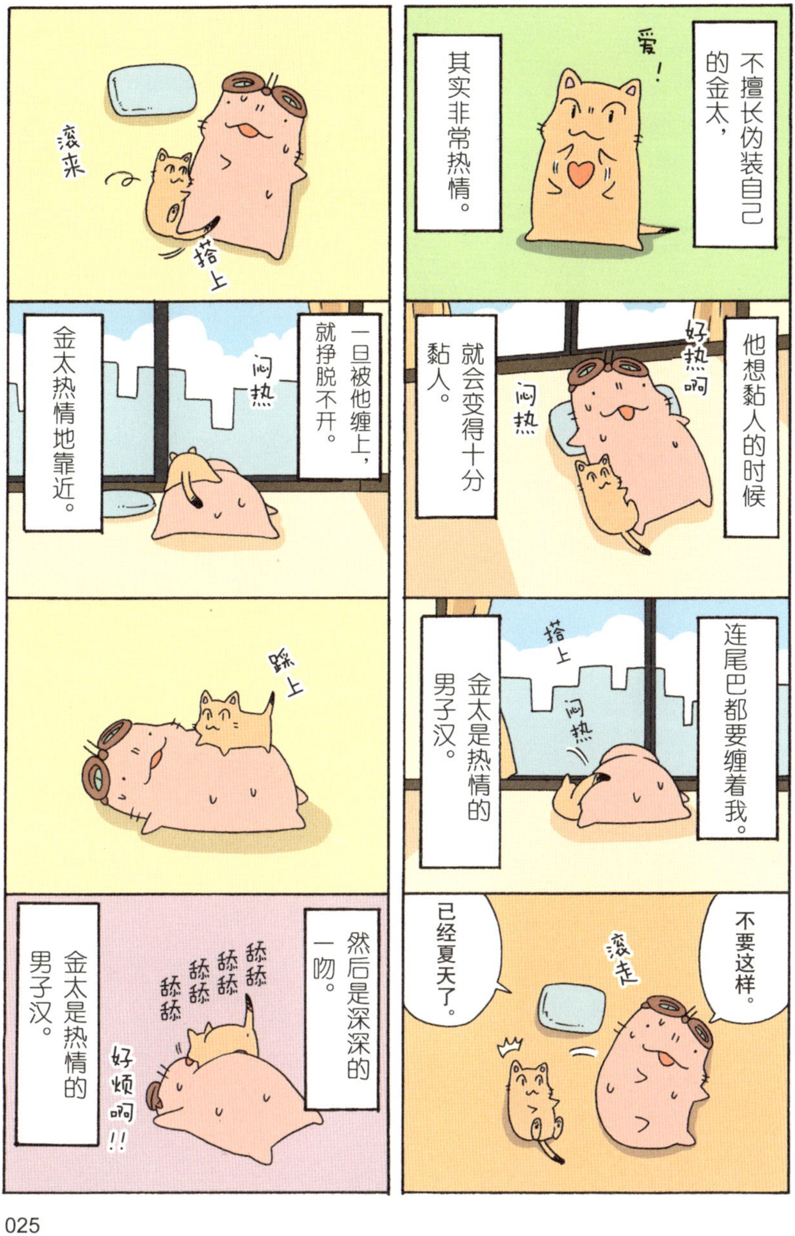

不擅长伪装自己的金太，
其实非常热情。
爱！
他想黏人的时候
就会变得十分黏人。
好热啊
闷热
连尾巴都要缠着我。
金太是热情的男子汉。
搭上
闷热
不要这样。
已经夏天了。
滚走
滚来
搭上
一旦被他缠上，就挣脱不开。
金太热情地靠近。
闷热
踩上
然后是深深的一吻。
舔舔舔舔舔舔
金太是热情的男子汉。
好烦啊!!

# 钻箱子的姑娘

每次看到快递的纸箱，
喵
橘子
大朋都特别高兴。
陶醉
橘子
即使是很浅的箱子。
大朋也依然很高兴……
陶醉
如果是很小的箱子……
钻
这样也行啊。
大朋最喜欢箱子了。
安静

# 室内栽培

买调料的时候，送了芝麻菜的种子
于是就种在了花盆里。
绿紫苏
放在外面会有虫子，所以决定放在室内。
你看，发芽了！
冒出
嗯
芝麻菜长得很快。
3天后
咦？
芝麻菜怎么变少了？
是不是水浇得少啊？
浇水
是吗？
小步快跑
拔
拔
拔
拔
拔
芝麻菜全死了。

# 灯泡

我整理书柜的时候，
猫咪们会在一旁转来转去。
不过，朋太的兴趣
书架这种东西是小孩子玩的
是更高级的东西。
灯泡
喵喵
喵喵
打转
喵喵
朋太想看吗？
你看，像这样……
把旧灯泡拧下来。
喵
朋太会确认灯泡是否取下来了。
她又变聪明了。

# 床的使用权

今天又工作了一整天。
摇摇晃晃
想要好好躺在床上休息。
密密
麻麻
我说你们……
稍微让一让。
爸爸是这个家的顶梁柱。
这是爸爸的床哦！
爸爸为了大家的生活，从早忙到晚。
推搡
朋太，让开一点。
翻滚
呼噜呼噜
家里的顶梁柱
紧贴
夜里紧贴着墙壁……

# 肥嘟嘟

朋太
是个胖姑娘。
肥嘟嘟
胖姑娘朋太
要定期去做体检。
○坂动物医院
血液检查没什么问题。
肾脏的数值有点偏高，过几天再来检查一下吧。
顺便给她做下肿瘤的检查吧。
好的。
摸
摸
嗯？
嗯……
摸
摸
啊！这个……
是肿瘤吗？
摸
摸
不是，她肉太厚了，不好摸。
应该没问题
连医生都发愁的胖姑娘。

# 学习

我一直很疼爱
只会捣乱的金太。
啊——不行哦！
不能站在桌子上
因此唱黑脸的总是妻子。
下去！！
金太挨骂了。
好可怜啊——
啊，又上去了！
不能上桌子哦。
会被妈妈骂的。
真是不听话。
转
咚咚
跳
金太又上去了？
金太一直很懂事呢。
猫咪越来越聪明了。
啤酒

# 不能动

我们家的规矩是
当猫咪趴在人身上的时候，不能动。
喂，你去削一下胡萝卜。
你自己去啊。
朋太在我身上呢。
你看，我现在动不了。
拍拍
好吧好吧
可爱的朋太会哭的。
喂，你去淘下米。
我抱着朋太呢。
大家过来。
摇摇
喵喵
喵
吃零食了哦。
我走不开了。
小步快跑
你去淘米。
?
妻子绝对不动。
淘米

# 磨爪子班

猫咪对磨爪子也有要求。
磨
磨
朋太和哈姆喜欢用磨爪子专用的板子。
磨
磨
懂事班
金太喜欢挠墙。
挠
挠
不行！
笨太也喜欢挠墙
磨损房屋班
大朋
喵
啊，大朋……
来撒娇了啊。
挠
挠
挠
疼！疼！
挠
挠
不要这样！
用人磨爪子班

# 围裙

有一天
大朋穿了件围裙。
咦？怎么穿了围裙？
自己弄的吗？
唔
喵
年轮蛋糕
钻进
年轮蛋糕
钻出
年轮蛋糕
拖拖拖
年轮蛋糕
那个是点心店的袋子。
啊，大朋！
这不是名牌货哦！
蹭蹭

# 挑战界限

朋太今天
依然很想上桌子。
不过，上桌子是有规矩的。
前爪可以上，后爪不行。
身体
能上到什么程度呢？
挪
挪
挪
挪
偷瞄
怎么样
可以
腰以上的部分可以上桌子。
朋太又变聪明了。

# 不是我的错

不能用床磨爪子！
不行！
哈姆调皮挨训之后，
颤颤巍巍
会自己反省。
你们把妈妈的眼镜藏起来了吧！
藏哪儿了?!
喵!!
是哈姆干的吧！
喵!!
自己没有做过，绝不让步。
到这里来！
拍
拍
喵！
接受军事法庭的审判！
不是哈姆干的吗?!
喵!!
喵!!
妈妈的眼镜在这儿！
对不起啊，哈姆好懂事。
自己忘记放哪里了
紧贴
哈姆偶尔会扮演军人玩过家家。

# 朋太的报复

朋太心情不好的时候，
就会报复我们。
脏兮兮的厕所
啊！
小便——
朋太的怒气会弄湿大地。
走开！！
在朋太面前，宠爱其他猫咪
哈姆真可爱！
米
蠕动
米
小便——
米
朋太的怒气会破坏一切。
啊，这个月的大米！
潮

# 不动

大朋喜欢
从过道的窗户往外看。
在开窗户之前
大朋会一动不动。
今天下雨，所以不行！
开窗户的话，屋里会变潮的。
在开窗户之前
大朋会一动不动。
忧郁
吃罐头了！
大家过来。
大朋一动不动。
忧郁
晚上
无论经过多长时间。
大朋都坚定自己的信念。
忧郁
我知道了

# 朋太的错

啊!
冰箱的门开了。
关上
是朋太开的。
朋太太聪明了!
开门的朋太
是朋太的话就算了。
啊!
胶条放在外面了!
那个是朋太拿出来的。
朋太可真能干!
开心地制作
是朋太的话就算了……
啊!!
我准备吃的酸奶没了!!
那是朋太吃的。

# 每天的烦恼

养猫的人都有共同的烦恼：
吐毛球。
花店送来的美丽的花
猫咪都会吐毛球。
啊——
呕吐——
清爽的早晨，猫咪们都会来一次晨吐。
抢了太多别的猫的零食。
呕吐——
金太今天也吐了一地。
猫咪总是到处吐。
真是的
寒冷的冬季
黏稠
……
如果这是妻子在被炉里
暖呼呼
做的热豆腐就好了。
呃——

# 大朋喜欢的事

一直活在恐惧中的大朋
今天也躲在阴暗的角落里。
瑟瑟发抖
唔
发抖
我偷偷看她。
盯——
惊
躲
喵
啊——
你喜欢这样吗？
喵喵♪
喵喵喵♪
小步快跑
大朋！
惊
躲
喵
她好像喜欢躲猫猫。
喵喵♪
喵喵喵♪
是个既喜欢躲藏又喜欢找人的孩子。
小步快跑

# 筱田君

妻子的朋友筱田君
决定养一只可爱的小猫。
筱田君是第一次养猫。
瞬间就被迷得神魂颠倒。
他买了很多猫咪用品。
砂
并且向养猫的前辈——我的妻子请教。
不要太宠着她
我没有宠她啦
对筱田君来说，小猫就像女儿一样。
铃铃铃
铃铃铃
不好了!!
我的孩子!!
我的孩子!
怎么了?
吃了好多东西!!
怎么办啊?!
筱田君是个新手爸爸。
落泪落泪…
哦……
哦……
加油吧，筱田君！

# 小仓

筱田家的小猫叫小仓。
小仓
小仓真棒
小仓最棒了
筱田夫妇瞬间变成了溺爱孩子的父母。
筱田夫妇为了小仓，买了大量的猫咪用品。
整间屋子装饰得像个猫咪主题乐园。
CAT
小仓像猫界名士一般，生活无忧无虑。
悠然自得
对筱田君来说，小仓就是全部。
铃铃铃
铃铃铃
不好了!!
我的孩子!
我的孩子!
怎么了？
一直叫!!
怎么办啊?!
喵
喵
筱田君的爱无止境。
落泪落泪……
喵
喵
喵
猫都会叫啊
加油吧，筱田君！

# 笨太的猎物

笨太有翻垃圾箱的习惯。
不管训她多少次，都改不了。
翻找 翻找
她好像很喜欢腥臭的东西。
掏出
她会把猎物从垃圾箱里拿出来。
然后带到我面前炫耀。
要舔剩下的吗？
有一天，妻子突然流鼻血了。
是不是恋爱了？
扔
不流了
翻找
翻找
掏出
带到我面前炫耀。
笨太或许是想给我养老吧。
你这样让我很为难啊

# 夫妻吵架

夫妻间偶尔会有激烈的争吵。
我要离开这里！！
你走啊！！
拍拍
我这次是认真的！
气冲冲
你会后悔的！
关门！！
我坐在家门口。
深更半夜的
没地方可去
喵
喵喵
安静点！！
喵
会被发现的！！
嘘——
爸爸离家出走了！！
喵
被发现就糗大了！！
喵
都说不要过来了！！
不要聚在这里！！
喵喵
喵
男人的尊严消失殆尽。

# 可怕的肉垫

猫咪的肉垫
拨弄 拨弄
可以操作手机。
拨弄 拨弄
接下来……
丢
走过
踩
弹出
广告
和已婚女子的相遇
很快就能见到
这是什么?
我不知道!!
手机要放在猫咪碰不到的地方。

# 小仓的硬度

筱田家的小仓
一直被宠爱着。
每天都要进行健康检查。
眼屎也要擦干净
筱田君对小仓
一直追求着完美的健康管理。
体重是——
铃铃铃
铃铃铃
踩——
喂，我想请教一件事。
怎么了？
我刚刚捏了一下小仓的粪便……
发现外面焦黄，里面有点软。
健康猫咪的粪便，硬度是这样的吗？
小仓的粪便有点软。
筱田君的爱深不见底。
粪便的硬度
谁知道啊！！
加油吧，筱田君！

# 想要狂欢的日子

我创作了很多赞美猫咪的歌曲。
朋太喵
朋太喵
喵喵
今天是赞美朋太的歌
哦——
妻子总是没什么兴致。
有一天
朋太喵喵喵♪
朋太——喵——
拍拍
喵喵
可爱的朋太♪
胖嘟嘟的朋太♪
转圈转圈
喵
喵喵
咚咚
惊！
我听到了动静。
什么都没有。

# 洗完澡后

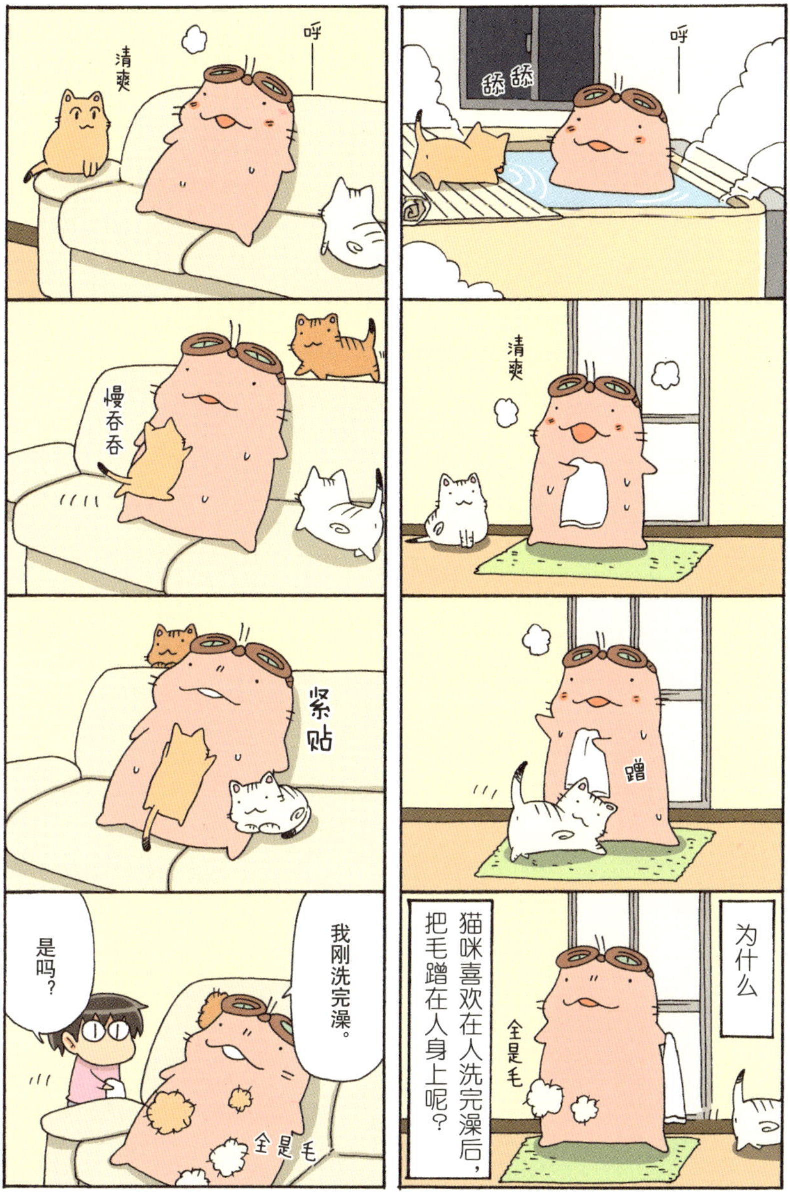

# 猫咪的留守①

养猫之后，很难有机会长期旅行。
但一天一夜的旅行还是可以的。
温泉
给猫咪们准备好两天的食物和水。
自动给水机
满满一盆
二楼的换气窗稍微开一点。
为了防止猫咪被关在屋里
用猫爬架挡住门。
为了防止夏天中暑
打开一间屋子的空调。
哔
开启
这下就没问题了。
拜托大家看家哦。
因为把猫咪单独留在家里，所以要做好万全的准备。
防盗门锁了两层，灯也打开了。
嗯。
忘记拿手机了!!
回去取!!
内裤也忘了……
我们的准备却很马虎。

# 猫咪的留守②

朋太在想，
今天家人一直没出现。
快点来爱我啊
熟睡
说不定
他们藏在了家里的某个角落。
小步快走
开门
WC
开门
不在
这里呢
WC
二楼
开门
WC
二楼
不在
家里关着的门
接下来是浴室
都被朋太打开了。

# 猫咪的留守③

难得猫咪们不在身边
泡澡的时候，猫咪们不在
真是难得
终于可以享受独处的时光。
买了鱿鱼干和芝士鱼糕。
嗯
这些猫咪们会抢的食物，可以放心地吃了。
要是在家里，金太肯定立刻就跳上来了。
趁这个机会，尽情地吃吧！
呼——
金太最喜欢芝士鱼糕了。
嗯
以前我都会掰一点给他。
他现在会不会很寂寞呢……
是不是正在过道里哭呢……
啊，金太！！
爸爸好担心你！！
扑倒
在外面过夜时，经常会不由自主地担心猫咪。

# 猫咪的留守④

猫咪们独自在家。
！
我给他们留了许多柴鱼片拌猫粮。
趁着其他猫不在，先吃点
要多吃点
大口
大口
撑……
吐——
亮晶晶
吃太多了
肚子又空了
因为刚刚都吐了
要多吃一点
大口
大口
撑……
吐——
真是麻烦
亮晶晶

# 猫咪的留守⑤

欢迎来到铫子市
猫咪们喜欢吃煮熟的鲣鱼肉。
那买点回去吧。
您好，请给我来点鲣鱼。
好的。
嘿咻
嗞
刚刚那个是!?
泡沫塑料摩擦的声音，怎么了？
哈姆的悲鸣！
喵喵
如果他在家里晕倒了怎么办——
啊——！
啊——！
万一有小偷进去了——
我们赶快回家吧！
？
因为一点声音就开始担心猫咪。
提前回家

# 猫咪的留守⑥

我回来了——
回家第一件事，就是确认猫咪们是否平安。
笨太和金太来迎接我们了，真懂事。
朋太在二楼仰躺着。
朋太！喵！
喵
翻滚
哈姆悠闲地待在妻子的房间里。
有什么事吗？
大朋静悄悄地在背阴处睡觉。
我们收拾了猫咪的呕吐物。
真是的
WC
关上了朋太打开的门。
给他们吃了罐头。
大口
大口
大口
然后，大家悠闲地待在一起。
果然还是在家最舒心了。
旅行

# 库拉拉

哈姆是那种
哈姆——
你叫他名字，他就会过来的
忠诚的猫。
有一天，我们在电视里看到一个情绪激动的小孩。
库拉拉!!
喵呜!!
喵呜！
库拉拉
库拉拉
哈姆的意思是他不叫库拉拉。
库拉拉
喵呜！
他的自尊心非常强烈。

# 来自俄罗斯

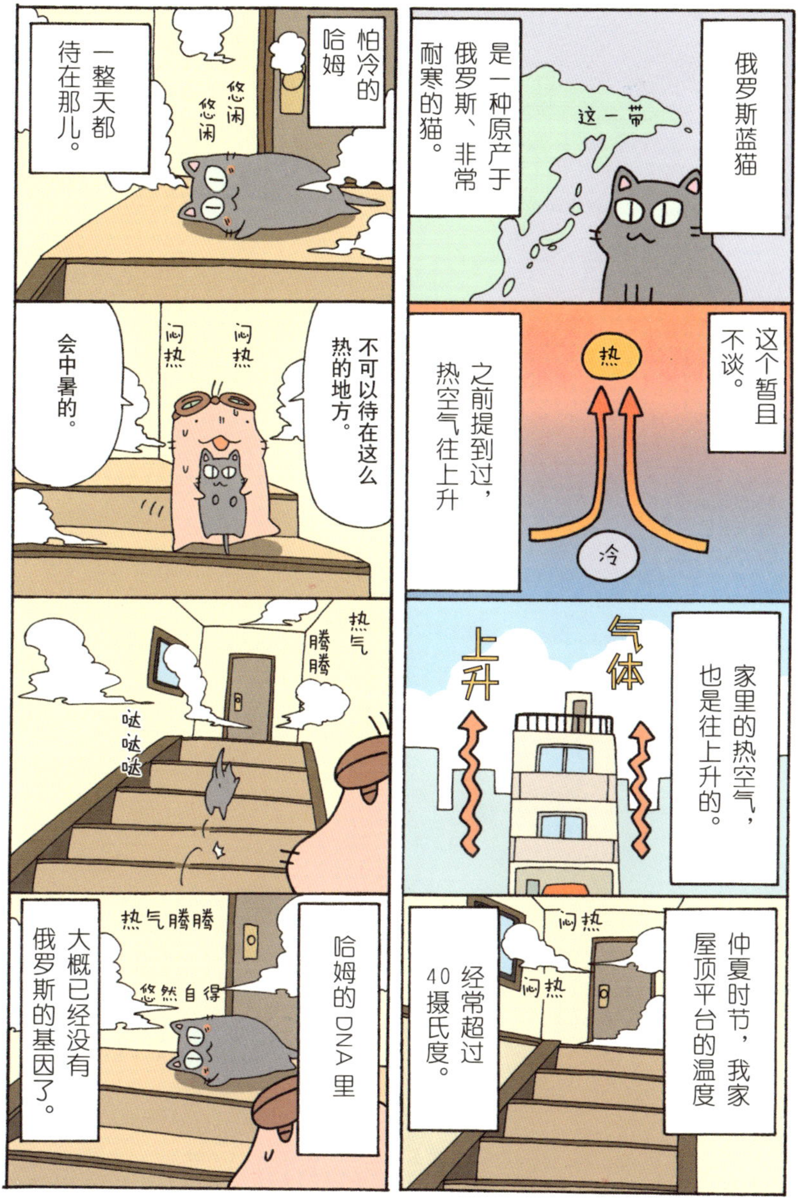
俄罗斯蓝猫
是一种原产于俄罗斯、非常耐寒的猫。
这一带
这个暂且不谈。
之前提到过，热空气往上升
热
冷
家里的热空气，也是往上升的。
气体
上升
仲夏时节，我家屋顶平台的温度
经常超过40摄氏度。
闷热
闷热
怕冷的哈姆
一整天都待在那儿。
悠闲
悠闲
不可以待在这么热的地方。
会中暑的。
闷热
闷热
热气腾腾
哒哒哒
哈姆的DNA里
大概已经没有俄罗斯的基因了。
热气腾腾
悠然自得

# 没规矩的一代

最近的小孩……
第一套广播体操
五——六
七——八
有人认为，
鱼是以鱼片的形态在水里游的。
？
？
那么切青花鱼的方法呢
？
今天吃青花鱼好了
去盛点饭
哼歌
叼起
最近的猫也是，没规矩。
喂！

# 屁股UP

如果金太藏在吃晚饭用的小饭桌下。
啤酒
就要格外注意。
叫了金太的名字之后，
抬起
喵
金太
他就会翘屁股。
无论屁股后面有什么，
抬起
他都会翘屁股。
如果在这种情况下翘屁股，
啤酒
毫无疑问，场面会相当惨烈。
先把小菜转移
啤酒
不要刺激到他
悄悄
然后是啤酒……
啤酒
金太
吃零食了
啤酒
咚
抬起
啊啊——
哎呀，又洒了
大口大口
这种事一年至少发生三次。

# 朋太计量器

妻子生气的时候，
怒气
你为什么总是这样！
喵——
喵——
朋太会出面调解。
朋太是我家的调解员。
好了
喵
喵
有一天
我生气了！
非常生气！
拍打拍打
吵闹吵闹
装作生气的话，朋太是不会动的。
你没生气。
朋太没动
我真的在生气！
非常非常生气！
挥动挥动
果然是装的吧。
朋太是妻子怒气值的计量器。

# 朋太的处世技巧

朋太的处世技巧。
朋太！喵！
喵
只要发出可爱的叫声，就会被人宠爱。
哇，朋太好可爱
抱紧
朋太是一只八面玲珑的猫。
喵
拍
喵
拍
偶尔会忘记把吐出来的舌头缩回去。
舌头出来了

# 生命的奥秘

金太坐车的时候，
会发出非常恐惧的叫声。
喵喵喵喵！！
妻子录下来，给认识的饲养员听。
可厉害了
哪个哪个
吓一跳！
惊！！
喵喵喵喵！！
饲养员的猫咪们都吓到了。
扑腾扑腾
没事的！没事的！
喵喵
发抖
不好！这孩子开始发情了！
哎！？
喵喵
听到可怕的声音
威胁生命
至少要留下后代
生命真是不可思议。
喵喵
给大家添麻烦了。
跑来跑去

# 踩奶

猫咪的踩奶
是以前喝母乳时留下的习惯。
踩
踩
摇
摇
埋
埋
哈姆大便了啊。
哈姆真健康。
跳
躺
踩
踩
哈姆啊，
你刚才大便了吧。
踩
踩
哈姆，
你那只手是不是碰过便便啊？

# 试误法

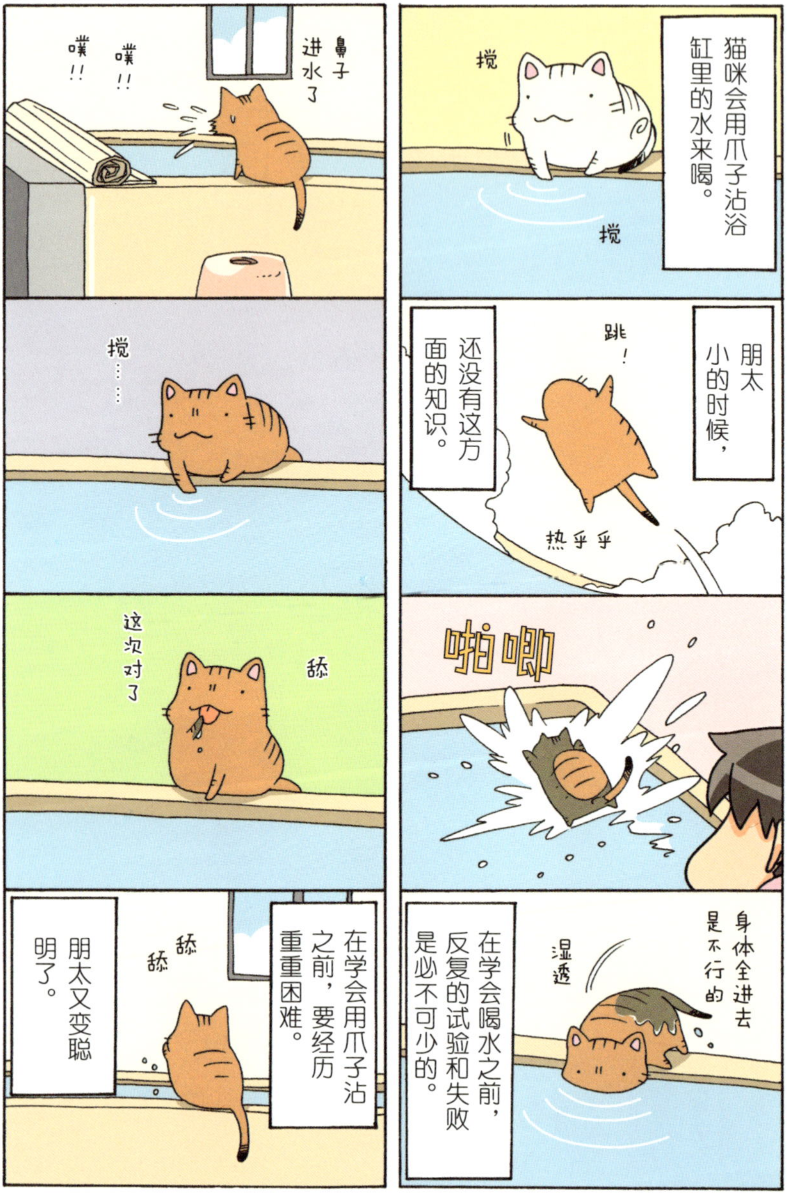
猫咪会用爪子沾浴缸里的水来喝。
搅
搅
朋太小的时候，
还没有这方面的知识。
跳！
热乎乎
啪唧
在学会喝水之前，反复的试验和失败是必不可少的。
身体全进去是不行的
湿透
鼻子进水了
噗!!
噗!!
搅……
这次对了
舔
在学会用爪子沾之前，要经历重重困难。
舔
舔
朋太又变聪明了。

# 哈姆的叛逆期①

哈姆在4岁之前
一直处于叛逆期。
爱老虎油
稍微有点风吹草动
哎呀
喵呜！
掉落
就会生气地走开。
猫的2到3岁，是人类的20岁左右。
正是觉得父母烦人的年龄。
炸毛
炸毛
自己一个人什么都能做，
不需要别人帮助。
天下无敌
不过4岁之后，
逆鳞突然被拔掉了。
脱落
哈姆啊
你压得我喘不过气了。
喂，哈姆！
憋死了！
趴
4年的叛逆，转变成了无法抑制的爱。

# 哈姆的叛逆期②

吃罐头的时间到了。
大家过来。
大口大口
处在叛逆期的哈姆。
红
快点给我拿来
我还在长身体呢！
大口大口
唔
红
我是一只孤狼
独自生活在这世上
仿佛看到了自己儿时的模样，让人欣慰。

# 大朋的安全区

胆小的大朋一旦找到了安全的区域
就会待在那儿一动不动。
关门
大朋的感觉
看起来是这样的……
危险！
注意
安全
危险
偷看
你也出去吧。
会打扰到我工作的。
蹭
紧贴在门上。
大朋的胆子细如挂面。
发抖发抖
不要好可怕！
过道是危险区域！

# 大朋的地盘

大朋一旦决定待在某个地方，
就会在那儿一动不动。
即使那里不干净……
哪怕是在猫厕所前面。
至少要稍微移开点吧。
待在这里不太好。
不要好可怕!!
移动好可怕!!
小步跑走
算了——
不管你了
卧下
早上
还在啊。
不高兴

# 最喜欢的玩具

猫咪的玩具有很多种。
有这种高级的。
转
7000 日元
也有必备的逗猫棒。
每种都很贵。
700 日元
无论什么玩具，他们一开始都很喜欢。
但很快就厌倦了。
猫咪们最喜欢玩的是……
提起
蹭蹭
拍打
蹭蹭
结论：
一次性筷子都可以成为猫咪的玩具。
拍打

# 骑上去，骑上去

因为我画的漫画和猫有关。
金太是——
所以经常要一边观察猫，一边想点子。
趴
站起来
哈姆也是，
到一边去。
趴
拨拨弄弄
乱画
金太走开。
你这样我没法写字！
小步走来
工作很难进行下去。
哇——
拨拨弄弄
蹭蹭

# 迅速记住

有一天
电脑前放着芝士鱼糕。
冲刺
叼住
金太不行！
这个不是给金太的！
把袋子都咬破了——
真是的——
藏在金太看不到的地方。
芝士鱼糕呢？
寻找
金太的芝士鱼糕呢？
芝士鱼糕呢？
一整天都没法工作。

# 喜欢喝汤

我喜欢
拉面里的汤。
妻子吃拉面的时候
吸溜——
把汤给我吧！
你吃面我喝汤。
你说这种话，传出去多不好。
哈姆也喜欢
罐头里的汤汁
喝汤。
来，朋太。
吃罐头了。
来，金太。
给少了，会吃别人的
给你大份的。
来。
哈姆喝汤就行了。
也给哈姆吃点东西啊！
舔舔
我是按照猫咪的喜好给的！
不要说那种传出去不好听的话！

# 被爱着的孩子们

火葬笨太的动物陵园。
呜呜呜！
南无阿弥陀佛
笨太
火葬笨太后，为她立了牌位，并且诵经超度。
将她的骨灰存放在这里两年。
期间可以随时去灵堂祭拜。
水和零食
给你换新的
随时看望笨太。
四处张望
请问桃子在哪儿？
桃子？
6月份去世的孩子。
6月6月——
啊，桃子在这儿呢。
桃子，奶奶来看你了。
很寂寞吧。
小玉
我在这里，感觉很安心。

# 大朋的梦

大朋
经常睡得迷迷糊糊。
扭动 扭动
在动呢
哇
扭动 扭动
哇！
迅速拍打！
跑起来了
迅速拍打！
是不是梦到被谁追着跑了。
喵喵喵 喵喵！
迅速
拍打！
大朋！
喵
停
熟睡
危险好像过去了。
熟睡

# 朋太今天也在思考①

朋太一直在思考，
怎样才能得到好吃的食物。
金太一直忠实于自己的欲望。
啊！
叼走
然后每次都会被关进厕所。
喵喵！
这样不行。
嗯……
这样得不到好吃的食物。
惊！
转头
真是的——
朋太没打算做坏事
后退后退
朋太不会偷吃食物
后退后退
不断后退，来证明自己没做过坏事。
我们不是一伙的
后退后退
后退
朋太每天都在认真思考。

# 朋太今天也在思考②

朋太一直在思考，
怎样才能得到好吃的食物。
在这个地方。
只要坐在这张椅子上。
上面就会摆上好吃的。
哇
跳
喵喵
喵喵
喵喵喵
まぐろ
站在椅子上，就能得到好吃的食物。
朋太又变聪明了。
可恶——

# 供品

如果在猫咪的佛坛前供奉猫粮。
爱猫笨太
3天左右就会消失。
吃干净了呢。
好吃吗？
叮—
在猫粮上撒上柴鱼片的话。
24小时之内就会消失。
这么快就吃完啦！
笨太喜欢柴鱼片啊。
叮—
供奉鸡脯肉的话
5分钟内就会消失。
又把佛坛弄乱了！！
至少比腐烂了好。

# 家猫的野生能力

被人饲养的猫咪
一般都不具备野生能力了。
熟睡——
哈姆，熊来了。
瞄准哈姆的肚子了。
戳戳
慢吞吞
熟睡——
哈姆，鳄鱼来了。
一口咬住你的头了。
戳戳
慢吞吞
十二万分的努力
熟睡——
我们家很安全。
让人安心。
暖烘烘

# 不停地长毛

金太吃掉的食物，
食欲旺盛
都用来长毛了。
全是毛
因为实在太多了，所以要经常梳毛。
大把大把
大把大把
别动
真乖
梳下来一桶毛。
金太清爽了吧。
食欲旺盛
我有时会想，金太是不是
某种妖怪啊。
不停长毛的妖怪
一身毛

# 关于笨太的记忆

笨太和朋太
主要是朋太黏着笨太
关系最好了。
笨太去天堂两年后……
整理笨太的照片时。
啊。
笨太的视频。
吃惊
喵呜喵呜
喵喵
笨太在哪
四处张望
激动 激动
听起来就在这附近
激动 激动
笨太在哪儿？
激动
激动
即使过去了两年，
笨太不在！
合上
？？
朋太依然没有忘记笨太。

# 哈姆的弟弟①

这是很久以前的事了。
嘿咻 嘿咻
妻子老家的小猫，要在我家寄养一段时间。
蛋蛋
喵——
这个名字，
蛋蛋
喵—
哈姆
取自火腿煎蛋组合。
小步走
跟随
哈姆和蛋蛋都是俄罗斯蓝猫。
蛋蛋对哈姆来说，就像小弟。
蛋蛋很快开始亲近哈姆。
紧贴
喜形于色的哈姆。
喵——
蛋蛋整天跟着哈姆。
从哈姆那里学会了
别学坏了啊
打扰我工作的方法。
弄倒

# 哈姆的弟弟②

蛋蛋天真烂漫
喜欢这世界上的一切。
喵——
♪
无论其他猫多么嫌弃蛋蛋
蛋蛋依然爱他们。
喵呜！
喵——
当然，他也很爱人类。
会钻进人的衣服。
别闹！
慢吞吞
连去医院都很高兴。
真轻松
啊，好可爱
喵——
打针
蛋蛋的爱的攻击
一直能持续到凌晨3点。
喵——
真是的——
喵——
喵——
别这样！！
蠕动
今天也没法睡了。
精力真充沛啊……
大口
大口
大口

# 哈姆的弟弟③

哈姆的小弟蛋蛋
喵——
和哈姆的关系很好。
过了一段时间，
蛋蛋回妻子的老家了。
好不容易找到的小弟，
就这么没了。
哈姆很快
冷漠
冷漠
冷漠
冷漠
冷漠
暴走族
就进入了叛逆期。
我的小弟怎么了
？
暴走族
问你话呢！
我的小弟去哪儿了！
暴走族
拍拍
和天真烂漫的蛋蛋相比，
唔……
无精打采
蛋蛋回来之前
由我来守护这个地方
暴走族
哈姆的心十分纤细。

# 哈姆的弟弟④

天真可爱、如天使般的蛋蛋，
是哈姆的第一个小弟。
喵——
胖嘟嘟
好久不见的蛋蛋，
又要来我家玩儿了。
我要用我锻炼过的身体
教会蛋蛋什么是男人
肌肉
好久不见！
喵——
好热啊，帮我倒杯水吧。
我来 我来
好的——
超级胖
喵——
你是谁啊！
喵——
蛋蛋怎么了？
喵——
我不认识你！
嗯……
小步快跑
咚咚
稍微胖了点。
我不认识这个家伙！
喵——
都胖成球了啊。
咚咚
小步快跑

# 向往之地

朋太经常待在冰箱上。
伊甸园！
自己的地盘！
那是笨太向往的地方。
跳
跳
笨太放弃了。
无精打采
对大朋来说，
跳
冰箱上面也是她的向往之地。
拱
拱
滑
摔进
可燃
喵
喵喵
带盖子的垃圾箱
或许是大朋的中意之地。
冒出

# 难得的椅子

我是个不追求物质的人。
过生日想要什么？
一整天都不管我的权利。
那不行
工作时要一直坐着，所以经常腰疼。
我决定买一把新椅子，把用了15年的旧椅子换掉。
不错。
舒服
都是这种设计。
好像法拉利
选来选去，这个网眼布料的手感最好。
小步走来
抓抓
果然会用这个磨爪子呢
盖块布吧。
喵
不可以
有猫在的时候
家里的高级家具都要这样盖起来。
感觉好像老奶奶用的椅子……
难得的法拉利设计感……
这边的椅子好像10年来一直盖着塑料袋没用过。

# 难以想象的行为

公猫的习性：
在墙上尿
喷射
噗——
下流的行为
留下痕迹，圈定为自己的地盘。
即使做了绝育手术，也无法改变。
做了绝育手术，内心依然是汉子
就算尿不出来，
背对着墙壁翘起尾巴甩甩
这个习惯也依然存在。
有一天
金太拉肚子了。
咕噜咕噜咕噜
金太又来了！
抖抖抖
爸爸是不会舔金太屁股的。
啪唧
……
被我视为掌上明珠的孩子……
还没有搞清状况的自己
竟然会对我做出这种事！

# 监护权

今天，猫咪们
都大便了。
摇摆
摇摆
你去清理下粪便吧。
哈姆和大朋是你的猫。
埋
埋
朋太是我们俩的。
金太、笨太和你比较亲，是你的猫。
所以笨太的粪便你去清理。
清扫厕所的时候，妻子会强调猫咪的监护权。
铲
铲
摇晃
摇晃
哈姆大便了。
你的猫，你去清理吧。
啊！
埋
埋
居然对我们可爱的孩子区别对待？！
你这人真是太薄情了！
闻到味道了。
快点清理！
说好的监护权呢。
铲
铲

# 柴鱼肉松

哈姆最喜欢猫用柴鱼片。
津津有味
哈姆已经12岁了
我想尽可能多地给他吃爱吃的东西。
噗——
早上
哈……快点……
给爷柴鱼肉松!
喘
喘
大早上就吃啊
喘
喘
喘
喘
喵喵
嗯?
碗里不是有饭吗?
喵喵
啊,这个啊。
柴鱼肉松。
喵喵

# 夏日的风景

一到夏天，
猫咪们就会紧贴在窗户旁。
痴迷于观察
阳台上濒死的蝉。
嗡嗡
嗡嗡
嗡嗡
只有在这个时候，无论关系好坏，
大家都会围在一起看蝉。
嗡嗡
嗡嗡
啪嗒！
不动了
没意思
转头!!
转头!!
仿佛突然想起什么，又开始打架了。
喵呜!!
喵!!
这是我家夏日的风景。

# 不准关门

笨太非常不喜欢
被关在外面的感觉。
工作中
喵呜
喵呜
怎么啦，笨太？
我明白了，进来吧。
走进来
关门
惊！
喵呜
喵呜
你想出去吗？
那出去吧。
关门
惊！
你到底想怎样啊！
喵呜
喵呜
这种状况会持续一整天。
我已经放弃关门了。
这比吵闹好多了

# 有趣的大婶

胖乎乎、天真可爱的蛋蛋，
对谁都很友善。
喵——
如果让他躺在膝盖上撒娇，
他会非常开心。
安心睡着的蛋蛋。
好沉
喝奶
妈妈
踩
踩
回想起小时候喝母乳的情形。
壮硕的小腿在空中蹬来蹬去。
踩
踩
亲戚家的大婶
踩
踩
我说，
这猫。
踩
踩
为什么要跳盂兰盆舞啊？
盂兰盆舞?!

# 妖怪

有段时间，
妻子喜欢编织。
编织
但是由于某只妖怪捣乱，
最终放弃了。
啊，大朋的粪便冒出来了。
你抓着她，我抠出来吧。
拉
啊，这是什么?!
拉拉拉
好长好长啊！
慢点，慢慢拉！
拉拉拉拉
这得有多长啊?!
大朋误吞了毛线
沾满粪便的毛线
我家还有各种各样的妖怪。
拔图钉的妖怪
吃了吐的妖怪
呕吐
开厕所门的妖怪

# 降温板

防止猫咪中暑的用品，
降温铝箔板。
怕热的笨太
会整天趴在降温板上。
自从笨太去了天堂……
大家都不热吗？
不舍得扔掉。
香蕉
裁剪
倒扣
做个陷阱，
降温板很贵的
扔掉太可惜了
骗猫钻箱子。

# 朋太的爱

在朋太心里，妻子和我的比重大约是6比4。
她更黏妻子。
朋太不在啊。
朋太——朋太——
小步快跑
跳上
踩过
过道
嗯？
可恶……
不过之后，
朋太会坐在我俩中间。
我们真的非常爱猫。

# 黏黏的爱

大朋经常
流鼻涕。
金太也经常
流鼻涕。
舔
舔
蹭 蹭
无法拒绝他们。
因为这是猫咪们爱的表现。
黏糊糊
大朋有时候，
会突然开启撒娇模式。
开启
喵
喵
舔
舔
蹭 蹭
黏糊糊

# 夏天的客人

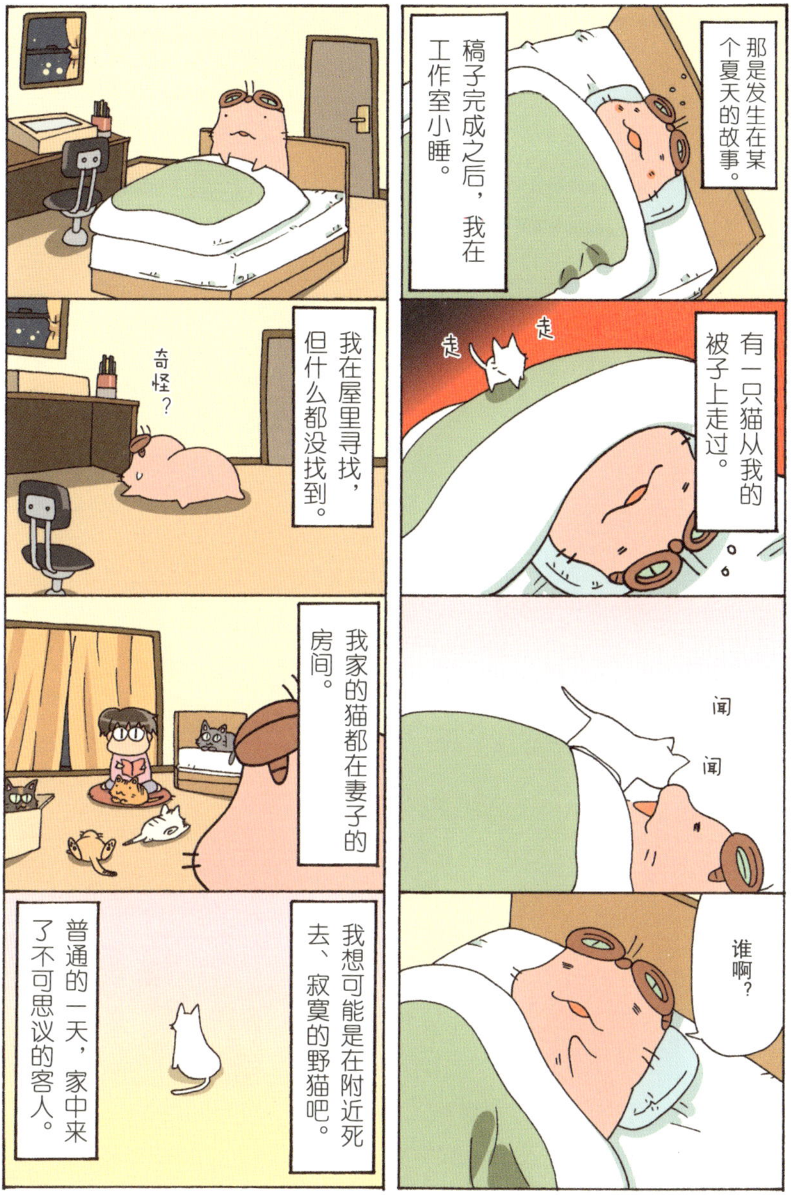
那是发生在某个夏天的故事。
稿子完成之后，我在工作室小睡。
有一只猫从我的被子上走过。
走
走
闻
闻
谁啊？
奇怪？
我在屋里寻找，但什么都没找到。
我家的猫都在妻子的房间。
我想可能是在附近死去、寂寞的野猫吧。
普通的一天，家中来了不可思议的客人。

# 良家犬

大家闺秀大朋，
今天也享受着从走廊窗户向外看的乐趣。
今晚的沙拉
走过
啊！
狗狗！
摇摆
好大的尾巴啊——
喵
？
这狗的叫声好奇怪——
对小孩来说，有大尾巴的都是狗。

# 猫咪的味道

一般情况下，猫咪是不用洗澡的。
他们的体味各不相同。
笨太不用自己动手。
朋太会帮她清洁身体。
舔舔
两只都没有臭味。
闻
闻
金太有点口臭。
有一点味道
闻
大朋身上
有股晒干的垫子的香味。
闻闻
真香
不过，有时毛上会沾着便便
哈姆身上
闻
闻
有股独角仙的味道。
噗

# 最爱看电视

我家的孩子
走过
非常喜欢看NHK的猫咪节目。
扑上去
啊，小猫的脚滑了一下
拍
拍
拍
炸毛！
猫咪们最喜欢动物频道了。
下面是新闻时间
演完了，换台了哦——
泡澡对皮肤有好处！
摇摆
细川文惠的摆动。
因为在动
朋太靠近。
拍
拍
炸毛！！

# 猫的规矩

猫咪们看上去自由散漫。
其实在不知不觉中，也会形成规矩。
玩玩具的顺序，
男孩子先玩。
逗
逗
我工作室的猫厕所，
是小便用的。
尿——
妻子屋里的猫厕所，
是大便用的。
噗
噗
虽然不知道他们为何这样做，
但这是他们自己的规矩。
不过，在我的床上，
大家都是平等的。
好热啊
瑟瑟发抖
例外

pentanokoto photo gallery

哈姆

pentanokoto photo gallery

围嘴大朋

pentanokoto photo gallery

香盒金太

# 朋太的故事

埋
埋
尿——
抽出
啊，哈姆尿完了。
要清理一下。
每当清理猫厕所的时候，
总会想起那件事。

那是很久以前，
笨太得癌症时发生的事。
那时候，我们一心照顾生病的笨太。
同时
也要照顾
渐渐虚弱的朋太。

悠悠
悠悠
朋太是笨太
最好的朋友。
挤
在我们还没发现
笨太得癌症的时候……
朋太渐渐地不和笨太一起睡觉了。
那是因为
在笨太生病的同时，
缩
朋太的身体也发生了变化。

有一天
猫厕所的宠物垫
被血染得一片通红。
谁的？这是谁尿的？！
金太过来
茶太也过来
我们检查了家里所有的猫。
尿——
发现尿血的
是朋太。

○×动物医院
一根输尿管是另一根的两倍粗。
不过虽然粗，但还算正常。
是输尿管结石导致的，不过结石已经取出来了。
肾脏的各项指标不太好。
有一个肾脏有点萎缩。
多半是结石导致的
什么?!
好像是肾脏出了问题。
但是具体的出血原因不明。
之前没有注意到，对不起啊。
总之先吃药观察一段时间吧。
过了没多久，
笨太就被查出了癌症。
我们家
陷入了一片黑暗。

我们一心
照顾生病的笨太。
而朋太尿血的原因
一直没有查明。
朋太也要吃药哦。
快点好起来。
笨太
要多吃点饭
不想吃吗？
困了吗？
朋太尿血的状况
吃了药也没有得到改善。

因为癌症，
笨太变得嗜睡。
朋太也越来越没精神。
一直睡觉……
去了很多次医院，
依然没有找到尿血的原因。
○ × 动物医院
一直以来，
笨太和朋太都在一起睡觉。
她们俩
每天都待在一起。
笨太和朋太
都要离我们而去了吗？

我们频繁地带笨太和朋太去医院。
○×动物医院
医生决定给尿血不止的朋太
再做一次检查。
哎呀！
膀胱里有肿瘤。
肿瘤?!
能治好吗？这孩子能治好吗?!
嗯，肿瘤很小。做手术就能取出来。
两周后给她做手术吧。
和笨太一样，朋太也有肿瘤。
你不用连这个都和她保持一致的。
朋太是笨太最好的朋友。
但是连死都要死在一起，
这种事我们绝对不想看到。

朋太手术那天。
保险起见，手术前先照个回声吧。
嗯？
奇怪！
哎呀！
电话铃
电话铃
医生说朋太的肿瘤消失了。
什么！？
肿瘤没有了，所以手术不做了。
不是癌症吗？！
激动
说是肾盂肾炎。
要住院一周。
太好了！
松口气
不是癌症，太好了。
是住院就能治好的病，太好了。
那个时候，
我们还是这样认为的。

朋太住了一个星期的医院。
你看，小便颜色正常了。
朋太的尿血止住了。
太好了，朋太！
这下总算放心了。
但是，
笨太的身体状况越来越差。
笨太，不吃饭吗？
来，擦擦嘴。
今天爸爸睡这里。
笨太安心睡吧。
朋太的小便
又变成了茶色，她又开始尿血了。

没过多久，
笨太就停止了呼吸。
摇摇晃晃
闻闻

舔
舔
笨太是朋太
舔
舔
最好的朋友。
朋太刚来我家的时候，还是一只小猫。
经常和笨太打架。
但是很快，她们的关系就非常好了。
十年间，她们一直是彼此不可替代的好朋友。

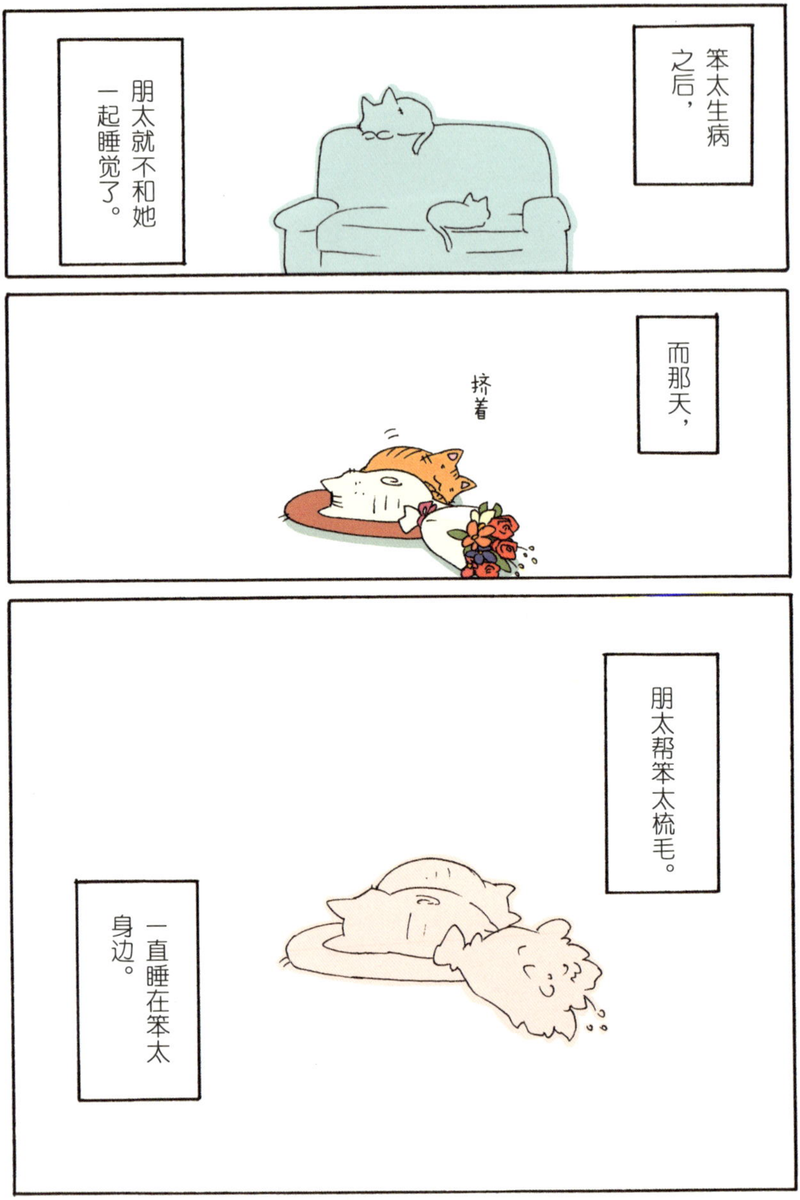
笨太生病之后，
朋太就不和她一起睡觉了。
而那天，
挤着
朋太帮笨太梳毛。
一直睡在笨太身边。

忙完笨太的葬礼，
我们继续每天检查朋太的小便情况。
抽出
尿血少的时候会开心，
严重的时候就会失落，这样的日子一直重复着。
来吃药吧。
喵
朋太要快点好起来啊。
一直找不到出血的位置。
我们只能继续带朋太去医院。
○ × 动物医院
笨太和朋太一起生活了十年。
那些日子
不会再回来了。
朋太会追随笨太，
离开我们吗？

我开始对医院的治疗方法
产生怀疑。
○ × 动物医院
吃了好几个月药，一直不见好。
寄生虫
尿血的原因也没有查清。
医生，这个药真的有用吗？
吃了几个月，完全不见好。
这个药不能停。
唔
继续让她吃吧。
可是，完全……
没有变好的迹象……
不吃药肯定治不好！
强势
总之，让她吃药吧！
投入了高昂的治疗费用，
但几个月过去了，状况完全没有改善。
我开始对医生开的药
产生怀疑。

连续几个月带朋太去医院看病。
我家的存款
已经所剩无几了。
医生很擅长做手术啊——
嗯，我很擅长外科。
对了。
这里是外科医院。
说不定去内科医院
能找到更有效的方法。
回家！
回到家，我立刻开始上网查找肾脏专科医院。
敲字
敲字
敲字
终于找到一家
评价不错的专科医院。

○坂动物医院
这个吗？
是压力太大导致的。
压力太大？
她的输尿管结石
已经治好了，没什么问题。
我家猫咪寄养在亲戚家的时候，小便也会变成酒红色。
这就是压力导致的
是什么原因导致她压力太大呢？

请问医生。
接下来要怎样治疗呢？
还有，这个药。
副作用很大，连续吃几个月，会损伤肾脏的。
赶紧扔掉吧。
什么?!
扔

不用特别做什么。
让她尽量放松。
不需要吃药。
让她好好休息就行。
写字
点头
因为吃药的缘故，肾脏的指标有点高。
两个月后再来检查一下吧。
没过多久，
朋太的尿血就好了。
摇晃摇晃

笨太和朋太小时候就像姐妹一样，一起成长，是一生的朋友。
我们一直没有发现，是她们之间的感情，导致朋太生病。
现在，我们明白了一件事。
跳
朋太那些天流的血，
一定是她的「眼泪」。

pentanokoto photo gallery

笨太 & 朋太

# 宝石的回忆

一开始，
笨太
是我家的独子。
她从小就离开了妈妈。
美国短毛猫女孩
住在宠物商店，和饲养员待在一起。
每天都有大量的客人
好可爱啊
透过橱窗看笨太。

那天
我和她相遇了。
美国短毛猫女孩
举高高
举高高
笨太是我们
心爱的女儿。

笨太来家里没多久。
笨太想要个朋友吧？
我有时候忙工作。
开始干活了
妻子因为工作的原因不在家。
妻子
这个时候，就剩笨太自己了。
我们觉得，如果有朋友在，她一定会很开心。
但笨太是怎么想的呢？

猫一般都是单独行动。
猫之间，有所谓的友情吗？
给猫找朋友，或许只是人类一厢情愿的想法。
我把她带回来了。
喘——
喘——
兴奋
炸毛

逐步逼近
慢慢靠近
喵喵——
炸毛
喵——
喵——
笨太习惯了一个人在家里。
可能不知道如何交朋友。
看起来很难成为朋友。
喵——
唔！
慢慢来，需要点时间。
又或者笨太更喜欢独自生活。
根本就不需要朋友。

朋太真可爱
咕噜咕噜……
对笨太来说，
喵呜
喵呜
喵呜
家里有爸爸和妈妈，
咕噜咕噜……
还有一只叫朋太的
陌生猫咪。

但是，过了一段时间。

她们俩之间的距离
慢慢地近了。

紧贴

或许只是妥协的产物。
逗猫
拍打
拍打
住在一起，关系自然会变好。
这或许是猫咪的本能。
看起来很无聊的笨太，
终于找到了自己的玩伴。
年龄相仿。
都是女孩。
翻
翻
她们每天都在一起玩耍。
撕咬

撕咬
喂！
又翻垃圾箱！
不行，笨太！
喵
喵喵
小步快跑
舔舔
「原谅笨太吧！」
喵喵
「原谅笨太吧！」

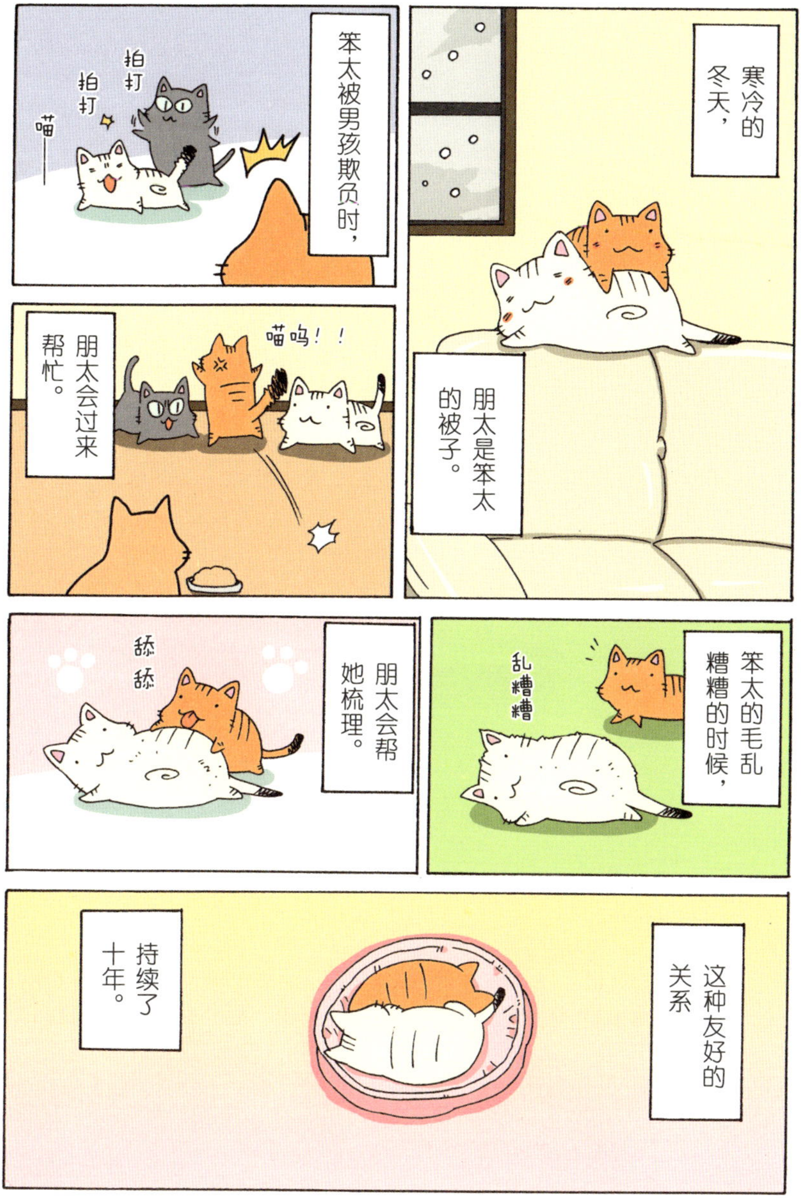

寒冷的冬天，
朋太是笨太的被子。
笨太被男孩欺负时，
拍打
拍打
喵——
朋太会过来帮忙。
喵呜！！
笨太的毛乱糟糟的时候，
乱糟糟
朋太会帮她梳理。
舔舔
这种友好的关系
持续了十年。

直到
笨太走了。

我常常想，
虽然猫咪不是
群居动物。

但他们也会寂寞，
也需要朋友。
朋太来的那天。
我把她带回来了
要搞好关系哦
喵——
朋太来到我家时，想必对一切都很陌生。
战战兢兢……
她一个人，肯定非常寂寞。

失去笨太的朋太，
过了一段时间之后，
闻闻
终于开始和其他猫咪一起睡觉了。
挤着
为了填补失去朋友的内心空缺。

悠闲
小步快跑
捂脸睡觉

喵呜！

图书在版编目（C I P）数据

铲屎官日记．2 /（日）片仓真二著；徐赫译．--
北京：北京联合出版公司，2019.6
ISBN 978-7-5596-2950-0

Ⅰ．①铲… Ⅱ．①片… ②徐… Ⅲ．①随笔－作品集
－日本－现代 Ⅳ．①I313.65

中国版本图书馆 CIP 数据核字（2019）第 037971 号

**铲屎官日记 2**
作　　者：[日] 片仓真二 著
　　　　　徐赫 译
责任编辑：孙志文
特邀编辑：马文富　李文彬
封面设计：续　超
版式设计：杨兴艳

北京联合出版公司出版
（北京市西城区德外大街 83 号楼 9 层　100088）
新经典发行有限公司发行
电话（010)68423599　邮箱 editor@readinglife.com
北京奇良海德印刷股份有限公司　新华书店经销
字数 10 千字　787 毫米 ×1092 毫米 1/32　4.5 印张
2019 年 6 月第 1 版　2019 年 6 月第 1 次印刷
ISBN 978-7-5596-2950-0
定价：39.50 元

著作权合同登记图字：01—2018—6672